La Dame aux camélias

FichesdeLecture.com

La Dame aux camélias (Fiche de lecture)

I. INTRODUCTION

La Dame aux camélias est un roman d'Alexandre Dumas, également appelé Dumas fils (1824-1895). Il est publié pour la première fois à Paris, en 1848, chez Cadot.

Par la suite, Dumas met en scène l'adaptation de son roman, qui connaît alors un véritable triomphe au théâtre de Vaudeville, en février 1852. Un opéra est également tiré de l'œuvre originale. Il s'agit de *Violetta Osias la Traviata*, créé à Venise le 6 mars 1853, par Verdi et avec l'aide de Piave. Il sera également joué en France au Théâtre lyrique, en 1864.

La postérité du roman est donc importante, et ne se limite pas à ces seules adaptations. On peut y ajouter plus d'une vingtaine de versions cinématographiques (de 1907 à 2001), ainsi que des films-opéras ou encore des ballets. De grands noms du cinéma, tel qu'Antonioni, ont repris l'histoire d'Alexandre Dumas pour en prolonger le mythe.

II. RÉSUMÉ DU ROMAN

Le roman est construit en 27 chapitres ; il relate le récit d'un narrateur, qui « n'ayant pas encore l'âge où l'on invente [se] contente de raconter ».

Le narrateur, le 12 mars 1847, apprend que les biens d'une courtisane qui vient de décéder sont mis en vente, par l'intermédiaire d'une affiche Rue Laffitte, à Paris ; or il connaissait Marguerite Gautier, car cette femme, durant sa vie, portait des camélias blancs durant vingt-cinq jours du mois, et rouges pendant les 5 restants. Il entreprend de nous livrer ses souvenirs à son sujet.

Il se rend à la vente des biens et y acquiert un exemplaire de *Manon Lescaut*. Sur l'ouvrage se trouve une mystérieuse dédicace… c'est alors qu'un homme lui rend visite. Il s'agit du jeune Armand Duval, ancien amant de Marguerite Gautier. Il lui montre une lettre émouvante de cette dernière et prie le narrateur de lui céder son exemplaire. Puis il disparaît, mais le narrateur parvient ensuite à retrouver sa trace. Armand est malade, et il décide de faire exhumer Marguerite afin de la revoir. Une fois guéri par la suite, il raconte au narrateur et au lecteur ce qu'il appelle son « histoire anecdotique ».

Armand est tombé amoureux de Marguerite Gautier dès le premier instant où il l'a vue. C'est le coup de foudre dans sa définition première. Grâce à la modiste Prudence Duvernoy, il parvient à entrer chez elle et à la rejoindre dans sa chambre, alors qu'elle fait une crise d'hémoptysie (sang provenant des bronches et voies respiratoires). Il finit par obtenir un rendez-vous, mais ne supporte pas la vie mondaine de la courtisane. Marguerite demande beaucoup d'argent à un vieux duc, qui compte parmi ses amants, afin de pouvoir passer l'été à la campagne avec Armand. Ce dernier est très jaloux et lui adresse une lettre de rupture. Heureusement, Marguerite lui pardonne. Armand lui offre alors l'exemplaire de *Manon Lescaut* acheté plus tard par le narrateur, et il part vivre avec son amante à Bougival.

Tout irait bien, et le couple serait parfaitement heureux, si Marguerite n'était pas soudain obligée de vendre ses biens afin d'éponger ses dettes. En effet, elle est dans le besoin financier depuis qu'elle refuse l'argent du duc. Armand lui propose de payer pour elle. Mais le père de ce dernier surgit, averti par un notaire, et cherche à convaincre son fils de rompre avec Marguerite. Peine perdue : Armand s'obstine.

Un soir, en rentrant à leur domicile, Armand ne trouve qu'une demeure vide, et reçoit une lettre dans laquelle Marguerite le supplie de l'oublier, elle, cette « fille perdue ». Armand est dévasté et sa souffrance s'accroît lorsqu'il apprend qu'elle est retombée dans son ancienne vie de courtisane.

Cherchant vengeance, Armand devient l'amant d'Olympe, la meilleure amie de Marguerite Gautier. La stratégie semble fonctionner puisque Marguerite revient vers lui ; mais le jeune homme sombre à nouveau dans la jalousie, ce qui la fait disparaître à nouveau. Armand s'embarque alors sur un bateau pour l'Orient.

Peu de temps avant sa mort, Marguerite écrit à son amant. Elle lui avoue dans sa lettre qu'elle l'a toujours aimé, mais qu'elle a suivi l'avis de M. Duval, qui voulait préserver l'honneur de son fils, ainsi qu'empêcher sa ruine.

Marguerite Gautier meurt telle une sainte, victime de la phtisie, et son agonie nous est rendue dans une série de lettres.

III. PRÉSENTATION DES PROTAGONISTES

Marguerite Gautier

La « dame aux camélias » est directement inspirée de la courtisane Marie Duplessis (1824-1847), qui a beaucoup marqué Alexandre Dumas. Il a entretenu une liaison avec cette dernière de 1844 à 1845; à sa mort, il composera également un poème en son honneur. Voici d'ailleurs ce qu'il dit à son propos, dix-neuf ans après la première parution de son ouvrage : *"La personne qui m'a servi de modèle pour l'héroïne de la Dame aux camélias se nommait Alphonsine Plessis, dont elle avait composé le nom plus eupho-nique et plus relevé de Marie Duplessis. Elle était grande, très mince, noire de cheveux, rose et blanche de visage. Elle avait la tête petite, de longs yeux d'émail comme une Japonaise, mais vifs et fins, les lèvres du rouge des cerises, les plus belles dents du monde ; on eut dit une figurine de Saxe. En 1844, lorsque je la vis pour la première fois, elle s'épanouissait dans toute son opu-lence te sa beauté. Elle mourut en 1847, d'une maladie de poitrine, à l'âge de vingt-trois ans. »*

On le voit, Marie Duplessis était très similaire au personnage de Marguerite Gautier. Comme elle d'ailleurs, c'était une courtisane dont Dumas précise qu'elle avait « du cœur » et de l'esprit, ce qui a entre autres provoqué sa mort précoce, d'après l'auteur.

Marie n'a jamais été « la Dame aux camélias », surnom inventé par Dumas spécialement pour son personnage.

Marguerite est un personnage fort, capable de sacrifier sa richesse et son train de vie passés pour vivre avec celui qu'elle aime, Armand. De plus, elle se sacrifiera pour sauver l'honneur de ce dernier.

Armand Duval

Armand Duval a les mêmes initiales qu'Alexandre Dumas, ce qui donne beaucoup d'indices quant aux pistes de réflexion...

Il apparaît dans le début du roman comme un homme détruit de l'inté-rieur, bouleversé, mais en même temps encore important malgré la mort de son amante. En effet, c'est son récit comme sa personne qui vont donner la possibilité à la trame narrative d'exister.

Il ne s'épargne pas dans sa propre histoire, puisque ses défauts apparaissent, à l'image de l'intense jalousie qui le ronge lorsque Marguerite joue son rôle de courtisane. Mais il est profondément amoureux d'elle.

Le narrateur

L'histoire ayant été écrite par Dumas, et le narrateur restant anonyme, on peut supposer qu'ils ne sont qu'une seule et même personne. Dans ce cas, Alexandre Dumas a passé une sorte de pacte avec le lecteur, puisqu'il lui demande d'adhérer en la véracité des faits relatés. C'est ce qu'on appelle parfois un pacte de lecture : « *J'engage donc le lecteur à être convaincu de la réalité de cette histoire dont tous les personnages, à l'exception de l'héroïne, vivent encore.* »

IV. AXES DE LECTURE DE L'OEUVRE

Une part autobiographique réduite

Il est vrai que le personnage de Marguerite Gautier est directement inspiré de l'existence d'Alexandre Dumas. Mais finalement, le roman dans son ensemble ne consacre qu'une part réduite à l'autobiographie de l'auteur.

En effet, seul le prologue apparaît comme fidèle dans ses grandes lignes à la réalité. Les évènements relatés, circonstances de la mort, ou encore la rencontre au théâtre des variétés au mois de septembre 1844, peuvent s'apparenter directement à la vie de l'écrivain. Rappelons d'ailleurs que Marie céda aux avances de Dumas en partie en raison de la compassion de ce dernier face à son état de santé.

Quant au reste du roman, il nous faut reconnaître qu'il relève de la fiction pure.

Du libertinage à la vertu

Marguerite, lorsqu'elle fait son entrée, n'en est qu'à un stade initial de « la virginité du vice ». On comprend que la courtisane ne l'est devenue que par accident, et qu'elle porte en elle la capacité à devenir vertueuse et pure. L'écrivain cherche donc à réduire la distance, qui choquait énormément à l'époque, entre le vice et la vertu. La dame aux camélias n'est pas une prostituée vulgaire et que l'on ne peut pas sauver. Elle apparaît comme perfectible, à condition que les circonstances et son entourage s'y prêtent.

Il s'agit pour l'auteur de préserver un minimum son lectorat et le public contemporain ; car si Marguerite baigne au départ dans la dépravation et le libertinage, elle dégage aussi un sentiment pathétique qui nous empêche de la condamner. Loin des critiques que son époque a pu parfois lui adresser, Alexandre Dumas ne se livre donc pas à l'apologie de l'adultère ou de la débauche.

Malgré l'ambiance générale de libertinage dans le roman, des thèmes plus sérieux y sont abordés. Mort, maladie, honneur, amour et passion : tout est fait pour que le désir soit contrebalancé pour y être acceptable.

L'ensemble de la structure narrative du texte respecte et appuie cette propension idéologique. Certes, l'héroïne consume sa propre vie en séduisant et en exerçant son rôle de courtisane, mais en même temps, elle accepte et se plie aux impératifs bourgeois. Dumas parvient alors à concilier l'atmosphère érotique et les impératifs d'un ordre social exigeant.

L'amour de Marguerite et d'Armand est un parcours semé d'obstacles. On voit que l'utilisation et la conception de l'argent ne sont pas les mêmes pour les personnages. Au début de leur relation, on a l'impression qu'Armand veut transformer sa maîtresse en objet, comme si elle était sa chose. Mais malgré ses critiques et sa jalousie, ne devrait-il pas reconnaître que lui aussi profite de l'argent du Duc ?

Dès ce moment, Marguerite entame un long processus d'amélioration vers la vertu, d'élévation finalement. Elle commence par abandonner petit à petit le train de vie et la promiscuité sexuelle qui étaient caractéristiques de son existence, afin de se consacrer entièrement à l'amour qu'elle porte à son amant. À ce moment précis, la courtisane disparaît et une femme amoureuse surgit. Mais le bonheur est de courte durée. Car la position vers laquelle tend la jeune femme dans ce processus est celle d'une bourgeoise. Et c'est ce même monde, celui des bourgeois, qui vient alors la frapper de plein fouet en la sanctionnant : le père d'Armand intervient pour protéger les possessions et la propriété de sa famille, établissant ainsi une ligne imaginaire à ne pas franchir, et qui symbolise les exigences d'une société pleine de jugements moraux et matériels.

Parce que Marguerite se soumet aux exigences de M. Duval, elle acquiert une toute nouvelle aura : malgré la souffrance que provoque en elle l'abandon de son amant (tout en le sauvant), elle atteint un niveau de sacrifice et de grandeur qui lui donnent le statut de sujet dont elle rêvait, et non plus d'objet, de chose des hommes.

Ainsi, son retour à une vie de courtisane ne doit pas être confondu avec son passé dans un rôle similaire. Car, entre temps, Marguerite a découvert et s'est prouvée à elle-même qu'elle était capable de vertu et de désintéressement. Mais son existence comme sa fin semblent toutes tracées : Marguerite est aliénée sur deux plans, ne lui laissant donc aucune échappatoire. D'une part, elle est soumise à la loi paternelle et, d'autre part, aux valeurs bourgeoises, que soit dit en passant, elle ne conteste pas. Le personnage de la courtisane est donc bien frappé d'un déterminisme social et d'une fatalité qui lui confèrent une véritable dimension tragique.

Message social, réaction sociale

Le roman a choqué l'opinion publique de son époque, voire même franchement scandalisé. Mais en même temps, l'héroïne courtisane a marqué les esprits et fasciné les lecteurs, en raison de sa grande liberté initiale, avant que ne se profile sa chute.

Alexandre Dumas a réussi son pari en construisant cet individu unique, mais en même temps représentatif de l'ensemble d'une catégorie sociale. Car Dumas, malgré l'inspiration claire de Marie Duplessis, a surtout consacré son roman et son « A propos de la *Dame aux Camélias* » à la question de la prostitution au XIXe siècle, un sujet qui intéressait déjà les auteurs et les foules au siècle précédent. Non content de décrire ce milieu, il élargit sa réflexion à l'adultère, qu'il considère aussi comme une forme de prostitution, mais cette fois exercée au nom du plaisir.

Cela nous offre une nouvelle perspective de lecture sur le roman, qui serait alors une œuvre idéologique à part entière, sur la place des femmes dans son siècle et leur rapport aux désirs et fantasmes masculins. Mais la défaite s'annonce pour ces dernières, de même que la fin de leur liberté sexuelle...

L'opéra et le drame

Dumas a adapté son roman pour la scène, tandis que Francesco Maria Piave en a tiré un livret en langue italienne à destination de Verdi, pour son opéra *Violeta Osias la Traviata.*

Le drame reprend l'essentiel de l'intrigue, mais la simplifie, voire l'atténue pour des raisons de bienséance dans la représentation sur scène. Une action secondaire est ajoutée à la trame narrative principale, ainsi que quelques scènes un peu plus joyeuses que le roman.

Le drame, s'il est bien plus direct, pose aussi moins de problèmes que le roman lui-même. D'ailleurs, Dumas écrit que « la scène ne pourra jamais dire tout ce que dira le livre ». On y trouve beaucoup d'éléments de morale, et même les bourgeois et leur égoïsme sont sérieusement revus vers une vertu un peu plus importante que dans la fiction initiale.

En résumé, la pièce de théâtre joue sur le triomphe du compromis ; d'ailleurs, Marguerite y meurt par et pour la cause bourgeoise, ce qui permet de ne pas choquer le public et de le laisser profiter tranquillement de l'intrigue.

L'opéra, quant à lui, se joue en trois actes. De son côté, il insiste beaucoup plus sur l'idéalisation de la figure de la courtisane, nommée cette fois Violetta Valéry (de Saint-Ys dans la version en langue française).

Lui aussi revient sur l'évolution de l'intrigue, en réduisant le nombre de personnages pour en faire un environnement intime, et en supprimant toute la partie où Marguerite se montre la plus indépendante. De plus, la figure paternelle a plus d'influence que jamais, et tous les représentants du monde de la bourgeoisie y sont présents pour marquer leur territoire.

Dans les deux cas d'adaptation, l'héroïne est limitée et définie par son acte sacrificiel et par sa mort. C'est donc la fin de la liberté et de la sensualité et le triomphe de l'ordre bourgeois et de ses valeurs.

Dans la même collection en numérique

Les Misérables
Le messager d'Athènes
Candide
L'Etranger
Rhinocéros
Antigone
Le père Goriot
La Peste
Balzac et la petite tailleuse chinoise
Le Roi Arthur
L'Avare
Pierre et Jean
L'Homme qui a séduit le soleil
Alcools
L'Affaire Caïus
La gloire de mon père
L'Ordinatueur
Le médecin malgré lui
La rivière à l'envers - Tomek
Le Journal d'Anne Frank
Le monde perdu
Le royaume de Kensuké
Un Sac De Billes
Baby-sitter blues
Le fantôme de maître Guillemin
Trois contes
Kamo, l'agence Babel
Le Garçon en pyjama rayé
Les Contemplations

Escadrille 80

Inconnu à cette adresse

La controverse de Valladolid

Les Vilains petits canards

Une partie de campagne

Cahier d'un retour au pays natal

Dora Bruder

L'Enfant et la rivière

Moderato Cantabile

Alice au pays des merveilles

Le faucon déniché

Une vie

Chronique des Indiens Guayaki

Je voudrais que quelqu'un m'attende quelque part

La nuit de Valognes

Œdipe

Disparition Programmée

Education européenne

L'auberge rouge

L'Illiade

Le voyage de Monsieur Perrichon

Lucrèce Borgia

Paul et Virginie

Ursule Mirouët

Discours sur les fondements de l'inégalité

L'adversaire

La petite Fadette

La prochaine fois

Le blé en herbe

Le Mystère de la Chambre Jaune

Les Hauts des Hurlevent

Les perses

Mondo et autres histoires

Vingt mille lieues sous les mers

99 francs

Arria Marcella

Chante Luna

Emile, ou de l'éducation

Histoires extraordinaires

L'homme invisible

La bibliothécaire

La cicatrice

La croix des pauvres

La fille du capitaine

Le Crime de l'Orient-Express

Le Faucon malté

Le hussard sur le toit

Le Livre dont vous êtes la victime

Les cinq écus de Bretagne

No pasarán, le jeu

Quand j'avais cinq ans je m'ai tué

Si tu veux être mon amie

Tristan et Iseult

Une bouteille dans la mer de Gaza

Cent ans de solitude

Contes à l'envers

Contes et nouvelles en vers

Dalva

Jean de Florette

L'homme qui voulait être heureux

L'île mystérieuse

La Dame aux camélias

La petite sirène

La planète des singes

La Religieuse

À propos de la collection

La série FichesdeLecture.com offre des contenus éducatifs aux étudiants et aux professeurs tels que : des résumés, des analyses littéraires, des questionnaires et des commentaires sur la littérature moderne et classique. Nos documents sont prévus comme des compléments à la lecture des oeuvres originales et aide les étudiants à comprendre la littérature.

Fondé en 2001, notre site FichesdeLectures.com s'est développé très rapidement et propose désormais plus de 2500 documents directement téléchargeables en ligne, devenant ainsi le premier site d'analyses littéraires en ligne de langue française.

FichesdeLecture est partenaire du Ministère de l'Education du Luxembourg depuis 2009.

Plus d'informations sur www.fichesdelecture.com

ISBN: 978-2-511-03021-9

Notes :